Hi!

用心感受
生活的絲絲笑意

現今城市人都在「忙」。「忙」字由豎心旁「忄」與「亡」組成；倘若缺少了「心」，便只剩下「亡」了。這樣，人生可能變得枯燥乏味和失去意義。

香港青年協會致力培養青年閱讀及寫作興趣，積極為青年開創出版平台及機會，鼓勵他們敢創敢夢。本書青年作家樊凱盈，是青協本年度「青年作家大招募計劃」的獲選青年之一；凱盈畢業於香港中文大學中文系，不僅熱愛文字創作、抒寫生活軼事，她同時也是一位年輕的本地插畫家，憑著創意及對生活的細膩觸覺，繪出別具風格的插畫故事，引發共鳴。

書中故事發生在家庭、校園、工作間等不同場景：歡樂有時、無奈有時、尷尬有時⋯⋯面對生活的甜酸苦辣，主角雞先生保持一份真誠及傻勁，演繹一套獨特的生活哲學。

只要用心感受生活，即使簡單的日常小事，也可叫人發笑，享受一份真摯的喜樂。在忙得不可開交的生活裡，盼望本書成為讀者們會心微笑的泉源，讓大家逐步走近全健生活，並與所珍視的人，一起閱讀和分享生命中的一切美好。

何永昌
香港青年協會總幹事
二零二一年七月

作者序

樊凱盈

香港青年協會「青年作家大招募計劃2021」獲選青年
《雞先生的生活智慧》作家及插畫家

「雞先生」這個角色是我人生低潮時所創作的角色。當時我鬱鬱寡歡，經常留在家中不知道做甚麼好，於是我拿起鉛筆開始在紙上畫畫。

角色的創作靈感，是有一天父親在通訊軟件發來了一張雞的照片，說自己剛剛在街市購來。我之後每隔數天便會開玩笑的問 —— 那隻雞哪裡去啦？父親也是附和我說，那隻雞去旅行啦！

如果當真，那隻雞會去哪裡呢？我一直這樣想。於是開始創作了一隻關於雞的故事。世界上關於小雞（還是黃色、未長大）的卡通人物太多了，卻好像很少看到成年公雞為主的故事。在這個想法之下，雞先生的原型就此誕生。

一開始我只是把畫在紙上的故事發給父親和室友（也即是後來的創作角色An鴨）看，後來我將作品放在網上，意外地獲得了一些朋友的支持和好評，這是我從來未想到的。一路走來便到達了這本書的誕生了。

書名《雞先生的生活智慧》，其實是厚著臉皮參考了潘銘基教授的《孔子的生活智慧》書名；感謝潘教授當天在coffee con鼓勵我創作。另外也要感謝我大四時期、葉嘉詠博士所教授的創意寫作課，那一門課的洗禮，開拓了我對創作的想像。

最後感謝香港青年協會給予我機會出版此書，以及編輯們的協助和包容，讓我小小的創作得以面世。希望在風雨飄搖的時期，這本書可為看書的人帶來一點歡樂和安慰。

推薦序

潘銘基教授

香港中文大學中國語言及文學系副教授

人和生活密不可分，也離不開生活。面對相同的
事情，我們可以鬱鬱寡歡，也可以一笑置之，分別
在於心境與態度。

雞先生、An鴨、鬆鬆鵝的生活瑣事看似輕輕鬆
鬆，實際上每天都發生在我們的身上。《雞先生的
生活智慧》分為家庭篇、學校篇、公司篇、出街篇
四個部分，趣意橫生，看後讀者應該能夠對號入
座，自得其樂。書名命名為「生活智慧」，代表內
裡的故事都跟我們息息相關。下面舉兩個例子加
以說明。《家庭篇·未必所有潮流都適合自己》，
這個標題可謂發聾振聵。生活在這個時代，我們
很容易受媒體、受身邊人的人云亦云所影響，做
好自己，永遠比起隨波逐流更為重要。在《學校
篇·十年後你記得的不會是學科知識》裡，老師

提及「這個世界總要有些人不開心的」，其實開心與否，只是相較而言。有問題的時候我們會若有所思，苦苦追尋答案；問題解決了，帶來了短暫的喜悅，然後很快又再陷入另一重的苦思之中。在學校裡，學生天天拼搏的是學科成績，殊不知學校教導的實際上是處世哲學。雞先生的這個故事，不啻為重要的生活錦囊。

凱盈是中文系的畢業生，用文字、用畫像，抒寫了自己的生活態度。她離校數年，但這次看到她筆下的雞先生，文如其人，躍然紙上。面對難關，有人選擇逃避，遠走高飛；能夠勇敢面對自己，圖文並茂地描刻當下的日常生活，本書實在值得讀者細意體會，領略其中的處世之學。

推薦序

葉嘉詠博士

香港中文大學中國語言及文學系講師

凱盈是很有創意的。她來修讀「文藝創作」科時，我便能肯定她是一位有創意的人。現在閱讀這本書《雞先生的生活智慧》，我更覺得凱盈除了充滿創意，還是一位對身邊小事物和小事情很感興趣、觀察細膩、活用文字與圖畫說故事的創作人。

我在臉書上看到雞先生的貼圖，便很好奇凱盈會否繼續畫下去，幸好凱盈不只是畫下去，還出版了這本圖文並茂的作品，真是可喜可賀！《雞先生的生活智慧》借一隻雞及他的朋友來講述不同主題的故事，例如家庭、公司等，都是我們的日常生活，看來親切而且有共鳴。此外，這幾個主題之間又互有關連，有些寫在學校主題的文字，其實也與公司主題有關，譬如如何掩飾患有「面盲症」、不要得罪食堂阿姐等，看後都令人會心微笑。

最後，我很欣賞凱盈運用「港式中文」寫作，例如廣東話「出街篇」、中英夾雜「小心有cam」、韓文音譯「歐巴」，讀來生動活潑，很切合身處國際都會的香港朋友閱讀，當然更值得熱愛閱讀文字和欣賞圖畫的你來細味這本書的「生活智慧」啊！

我誠意向各位推薦這本書，也熱切期待凱盈的下一本作品。

雞先生

性別：　　　男

品種：　　　走地雞

介紹：　　　香港走地雞，在動物園打工（職位：兼職雞），
　　　　　　終日無所事事。和 An 鴨及鬆鬆鵝住在一起。
　　　　　　經常寫錯別字。興趣是睡覺和吃小點心。

　　　　　　經常自稱是「雞老師」。

———————————— 成分 ————————————

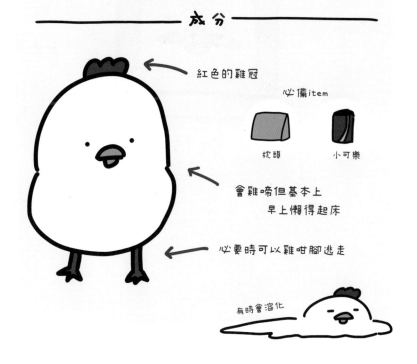

紅色的雞冠

必備item

枕頭　　　小可樂

會雞啼但基本上
早上懶得起床

必要時可以雞咁腳逃走

有時會溶化

An鴨

性別： 男

品種： 大蔥鴨

介紹： 頭上長著蔥的鴨。和雞先生是中學同班同學，後
來大學至畢業後也是室友；鬆鬆鵝是他的表弟。
較聰明，所以家中地位較高，能夠解讀雞先生的
錯別字。

由於使用 Android 手機，所以叫 An 鴨。

—————————— 成分 ——————————

頭上的大蔥象徵「食蔥聰明」，
所以 An 鴨較聰明。

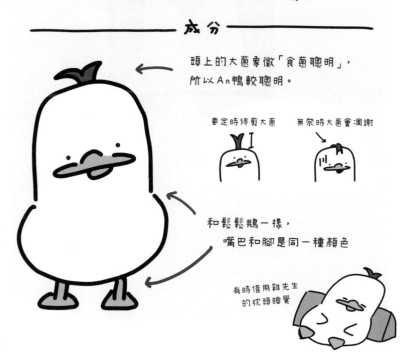

要定時修剪大蔥　　無奈時大蔥會凋謝

和鬆鬆鵝一樣，
　嘴巴和腳是同一種顏色

有時借用雞先生
　的枕頭睡覺

鬆鬆鵝

性別： 男
品種： 較為鬆弛的鵝

介紹： An鴨的遠房表弟，個子最高。性格較沉默，但有
時會一言驚人。間中會被雞先生欺負，但更多的
時候是與雞先生一起被An鴨責罵。

———————— 成分 ————————

頭上的毛因一次意外不小心燒焦了

鼻子特別靈敏，
可以聞到三公里外的外賣

和An鴨一樣，
嘴巴和腳是同一種顏色

最喜歡Foodpanma

Food Panma

小學雞

性別： 未知
品種： 走地雞

介紹： 雞先生的弟弟或者妹妹（暫時未知性別），還在
上小學，個子很矮。經常做錯或交錯功課。夢想
是成為大學雞。

―――――――― **成分** ――――――――

頭上生草

其實是鼻子而不是嘴巴

一直背不到乘數表

1 + 1 = 2

海量功課

由於太矮
要自備椅子墊高

阿強

性別：　　阿強

品種：　　也是阿強

介紹：　　雞先生動物園的同事，非常熱愛工作，經
　　　　　常說英文。曾經問雞先生為甚麼自己不是動
　　　　　物，於是雞先生給他兔耳朵頭箍。

　　　　　金句是「我要返工！」

―――――――――― 成分 ――――――――――

熱愛返工

基本上不用休息，
24小時工作

常常擔心被抓走

兔耳頭箍 mode

天線得得狗

性別：　　男

品種：　　其實是外星人

介紹：　　頭上有天線，外表是狗但事實上是外星人。
　　　　　經常在不同公司和機構打工，有時候是雞
　　　　　先生的IT部同事，有時是水果電腦的維修天
　　　　　才，有時也會在雞先生樓下兼職做看更。

　　　　　來地球的目的還未明確。

成分

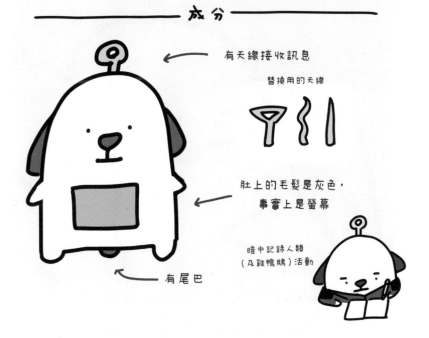

有天線接收訊息

替換用的天線

肚上的毛髮是灰色，
事實上是螢幕

暗中記錄人類
（及雞鴨鵝）活動

有尾巴

家庭篇

用家電前
要先看説明書

雞先生第一次感到自己不再是小學雞，是買了一部洗衣機的時候。

雖然説洗衣機好像是每個家庭都必有的東西，可是有很多人都不會使用！雞先生一直以來都搞錯了洗衣粉格裡主洗與預洗格的位置，然後一直把洗衣粉放在預洗格中……

結果當然是衣服一直洗不乾淨呀。

後來請教了An鴨，他才告訴我原來大一點那格才是主洗格。此刻我才知道，原來看説明書也是很重要的。

———

當你 沒有梳化 的時候

搬家的時候，An鴨説梳化太阻埞，所以就沒有把梳化搬到新家。於是，我們的客廳雖然有電視，但每次想看電視或者打機的時候，我都只可以拉張摺椅或者站著看⋯⋯

不過，聰明的雞先生是不會因為沒有梳化就放棄舒服地打機的可能性。

有一天想到可以將床墊拖出廳，充當作半張梳化使用。打機太累的時候，還可以直接睡在上面。

後來被An鴨發現，他問我是咪黐了線。

——

沒有殺蟲水的時候 可以聲音攻擊

現在捉小強的產品愈來愈多，攻擊方法也愈來愈多。
有冷凍型，也有只是困住小強，之後可以放生的。

以前雞先生打工的地方，有同事會用「火攻」小強。
他說，火葬是至高無上的葬法（汗）。

不過，一般人殺小強的方法，應該也是用殺蟲水吧？
但萬一殺蟲水用完，如何是好呢？

登登登登——用聲音扮作殺蟲水聲

聽說小強會害怕噴水聲，所以沒有殺蟲水時可以扮噴
射殺蟲水的聲音。在條件反射下，小強也許會逃走。

——

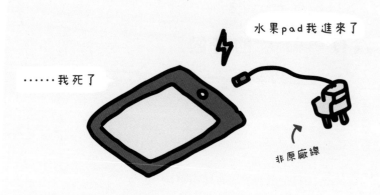

請用原廠線
否則因小失大

雖然手機廠商已經常常提醒我們要用原廠配件，但相信大家總有一兩條在街邊隨便買的充電線。沒辦法——窮嘛。無論是多貴的充電線，過了一段時間總會無故充不上電。雞先生就曾經在水果store買了一條三百多元的充電線，結果不夠一個月就打柴了。

所以後來有段時間，雞先生都隨便在街上買10蚊8蚊一條的充電線。結果有一次我興高采烈地將一條新買的充電線插入水果pad的時候，「啪」一聲突然響出，然後水果pad就從此開不了機。之後雞先生去水果store問他們的天才，天才告訴我：「先生，你看看你部pad個充電位都黑晒，成部燒咗呀！」

所以為了節省百幾蚊，結果要花幾千蚊買一部新的水果pad……傷心。

——

夏天的時候……

你個暖水袋仲要唔要

是但放一邊先囉

冬天的時候……

你明明之前唔要!

唔畀你,我㗎!

暖水袋
不妨準備多一個

夏天收拾房間時,看到暖水袋總覺得十分阻垯;但冬天的時候暖水袋卻是非常有用。大概雞先生氣虛又血虛,冬天的時候總是覺得十分寒冷,睡覺時無論蓋多少張被子,手腳也是非常冰凍。這個時候暖水袋是睡覺的必備東西。

可是只有一個暖水袋,該暖腳還是手呢?而且重點的是An鴨和鬆鬆鵝還會來偷走我的暖水袋!這個時候暖水袋便真的不妨準備多一個。

———

心靈感應
是必須的

雞先生常常覺得人類的溝通方式實在是太低層次,發出者要透過共鳴腔發出聲音,又或者以文字符號表達意思,對方再以聽覺或視覺神經接收後,再用大腦思考。當中還要考慮對方的非語言溝通,例如口頭對話要考慮表情、聲量、聲調、肢體動作等,而文字溝通又要考慮emoji,是完全沒有效率的溝通方法。我覺得外星人還是甚麼鬼都好,應該已經提升自己運用心靈感應來溝通。

我覺得最需要心靈感應的時候,是你幫朋友在餐廳買外賣的時候。拍完餐牌後,往往你已經在收銀隊伍中,等候對方在WhatsApp通知你要吃甚麼。你一邊看著「輸入中……」的字句,一邊看到快到自己的時候,總是心急如焚。如果對方打字比較慢,而剛好收銀員說:「A餐個菜芯無晒啦,轉通菜得唔得?」然後你避免排在後面的人等你,你只好隨意替他選擇。你說,如果世界有心靈感應的話,我一早已經知道他吃不吃通菜了。

——

張枱係唔係你整污糟㗎？

斷正

呢招你用過好多次啦

請你原諒我，
我是一個衰人（雞）

坦誠面對自己
是衰人的事實

雞先生經常犯錯，例如沒有抹乾淨地方，又或者忘了掉垃圾。通常這個時候，就會被An鴨責罵。這個時候，如果只是説：「我一時忘記了。」又或只是説：「我下次不敢了。」這些行貨，只會被鬧得更厲害。

為了應對這些情況，你必須出奇制勝！就是坦誠面對自己就是一個衰人。當你首先將自己説成是一個十惡不赦的衰人，那麼對方反而無話可説呢！

利申：不過由於雞先生用了太多次，這招基本上現在也是沒有用了。

———

你知唔知自己衰咩呀？

我知錯了

係囉，你知道錯未呀？
成個電影界界你搞軭晒啦！

關電影咩事

牛頭唔搭雞嘴

你知道我哋講緊咩？

係囉，
你嚟湊熱鬧？

投其所好

鬧多兩錢重

雞先生不喜歡和人爭執，因為很累嘛，不過總有些時候會遇上其他人在爭執的時候，例如情侶鬧交、父母教仔、老師話學生等等。萬一你在場的話，你只可以沉默地望著他們，又不能做甚麼，非常尷尬。

不過最近雞先生發現了一個解決辦法，就是參與一起鬧交！有人吵鬧，你只要走過去，一起嘈就可以了，例如超市看見兩個阿婆為條香蕉爭執，你可以過去一起爭香蕉。正所謂「多個人多雙筷」，現在只是「多個人少條蕉」。

不過小心別人會當你是精神病就是了。

——

不要做「架兩」

你有遇上家人打交,而你在一旁不知所措的時候嗎?
事實上,An鴨和鬆鬆鵝有時候一言不合也會打起上
來,此時雞先生要如何做才好呢?

不應該做:

1. 參與其中:你手無縛雞先生之力,自然不要試圖或
   企圖參與其中

2. 做和事佬:除非你是談判專家,否則通常都會弄巧
   成拙,被人打埋一份

3. 吶喊助威:所謂家和萬事興,雖然你已經自備花
   生,但考慮到會傷及無辜,建議大家還是不要睇
   好戲了

正如電視廣告所言「保持兩米距離」,遇上打鬧場面
時,首先令自己處於安全位置,不會「被加入」賽事,
之後再慢慢想辦法(等他們自己打完就算了)。

——

未必所有 潮流 都適合自己

想當年（其實也不是很多年前），香港還是「MK仔」、「MK妹」當道的時候，雞先生也是一隻普通雞。不過有一天An鴨說：「你是否需要改變一下自己呢？實在是太宅了。」然後雞先生就決定去改造自己。

首先染了一頭金髮，再買了皮革頸圈（choker），然後買了一件黑色的T-shirt，剪到爛溶溶後，再用一排扣針扣上。然後一照鏡子，實在不得了，太MK了。堅持了三天就決定染回黑啡色頭髮。

An鴨後來說，他其實只是想叫我去剪頭髮、買件新衫，而不是搞大龍鳳。我還是做隻普通走地雞算了。

——

標準外賣員

食飽未啊？

熊貓衫

袋鼠袋

不要連續
叫太多次 外賣

通常同一區的熊貓或者袋鼠外賣員來來去去也是那些人，如果你經常叫外賣的話，說不定可能會遇上同一個外賣員。

最誇張的一次是雞先生、An鴨和鬆鬆鵝三個在家，然後我們三個決定在手機上叫熊貓外賣。首先我們叫了拉麵，來到之後發現又有點口渴，於是又再叫飲品。第二次打開門的時候，發現又是第一次送拉麵的那個外賣員。他笑笑口的說：「你們不夠飽嗎？」於是我尷尷尬尬地接過外賣，說對呀對呀。

然後過了一陣子，我們又覺得肚餓（對！我們的肚是無底深潭），於是又決定叫甜品。為了避免再遇上那個外賣員，這次的外賣我們決定使用袋鼠外賣。

我們一邊等甜品，一邊說著不會連續三次都是同一個外賣員吧。然後這次打開門，一看——又是那個外賣員，拿著我們的外賣。

我唯有問他：「乜可以同時做熊貓和袋鼠咩？」

他笑笑說：「點解唔得？不過今次你哋應該夠飽啦啩？」

難道我這區只有他一個外賣員嗎？

——

有日雞先生返屋企……

雞生返屋企呀

係呀

盯

認真

雞先生似乎
又去咗食「好西」

默默抄寫 ↗

與保安 **打好交道**

保安，是一種長期處於冬眠狀態，而季節性活躍於新年的生物。平時他們一般躲在自己的巢穴（更亭）一動不動；而新年的時候，他們的記憶力會忽然變好（記得你姓乜），步伐急速且臂力發達（衝去開門）。

你以為只有新年先需要提防活躍的看更嗎？那你就大錯特錯了。在你以為他們昏睡的時候，其實他們在暗中觀察你的一舉一動：

1. 留意你偷偷買了甚麼「好西」回來

2. 發現你帶了甚麼豬朋狗友上門

3. 知道你平時街坊look的模樣

繼FBI同你阿媽之後，樓下看更可謂是最了解你的那個人。我建議以後大學推薦信不應該是校長推薦（畢竟校長也不太了解你），反而應該考慮看更推薦信，我相信更有助院校了解該名學生。

——

教別人做功課
比自己做更累

雞先生家中有一隻小學雞。雞先生的成績已經不是理想，小學雞更是糟糕。迫於無奈之下，小學雞有時候還是問雞先生功課。

自己做功課倒是簡單，反正對的錯的，都是自己的事，咎由自取而與人無尤，所以亂寫也沒有甚麼所謂。可是教別人做功課就不同了，你負上了很大的責任，所以也不能亂教，結果雖然不是自己寫，但由於太認真，所以是很累的。

題外話，記得小學雞小時候背ABC，永遠都是A for apple，B也是for apple，C也是for apple，太可怕了。

———

別人的 被窩 是最暖的

冬天最怕空氣不是突然安靜，而是突然很寒冷 —— 有時候自己一個在被窩裡，蓋上三張被都感覺非常寒冷。

雖然說「龍床不如狗竇」，自己的被窩一定是最舒服；但講到最溫暖，還是跑到別人的被窩裡去。明明要爭被，卻好像比自己一個人一張被更溫暖。

——

西伯利亞雞
冬天的冠軍

大肚子

肉多才會暖

在家中的體積排名是：雞先生＞鬆鬆鵝＞An鴨。

而通常最瘦的人，都會説自己很肥。所以An鴨常常説：
「我要減肥。」然後又指著幾乎沒甚麼肉的身上，説自
己這裡多了肉。

不過，體重的優勢在冬天往往便會展示出來 —— 脂肪
是保暖的嘛！所以冬天的時候，An鴨是穿最多衣服的
人，然後是鬆鬆鵝，最後才是雞先生。這個時候，An鴨
又會羨慕肉多的我了。

順帶一提，An鴨就是那個冬天常常搶我暖水袋的
人（鴨）。

——

最近屋企個廳裝咗個cam
睇吓有冇賊入嚟偷嘢

Let it go～   Let it go～

雞先生唔記得咗
一返到屋企就除衫跳舞

嘩個cam錄低晒你跳舞
可以擺上YouTube啦

唔好咁啦我冇着衫

手機可以
即刻睇返

REC.

小心有cam
否則遺臭萬年

由於之前雞竇有小偷出沒，所以An鴨建議在家中安裝一個監視鏡頭，以便大家在街外可以監察屋內的情況。

的確，在學校或者在公司的時候，如果思念家中的床或梳化，可以打開監視鏡頭來解解鄉愁（誤）。不過有時候也會忘了自己安裝了鏡頭，然後回到家裡把衣服脫光光走來走去，結果被An鴨發現。（幸好鬆鬆鵝太笨，不會在手機裡看錄像）

所以說，現在甚麼地方都有監視鏡頭，所以大家要小心行事，不然一不小心被放上YouTube了。

——

學校篇

最好配一副黑超　　　　　　　自信～

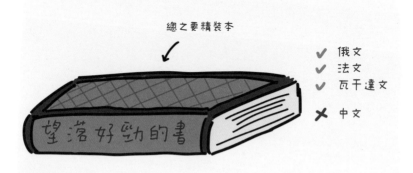

總之要精裝本

✔ 俄文
✔ 法文
✔ 瓦干達文
✘ 中文

如何讓別人
誤以為你是 學霸

如果你是一個學霸，恭喜你是一個學霸。不過如果你不是一個學霸也不要緊，雞先生有以下兩個方法令你馬上搖身一變成為學霸：

1. 在上課前三分鐘到達課室，然後走向第一排：第一排是學霸區這個定律，相信大家也知道了，不過請大家務必在上課前三分鐘，才在門口慢慢自信地行去第一排。你太早到的話，大部分同學也看不到你走向第一排的模樣

2. 隨身攜帶一本外文哲學書：中文書顯示不到你的國際視野和高超的外語水平；而身為學霸的你自然對本科知識已瞭如指掌，所以也沒有必要拿著任何與本科專業有關的書。我建議你拿著一本俄文（英文已經不算甚麼外語）書。看不懂不要緊，反正你的同學也看不懂（如果你是哲學系或俄國人另計，或者可以考慮埋法文）

相信假以時日，你在同學心目中的學霸（暨鱔線）的形象便會建立起來。不過你問我為甚麼要扮學霸？巴閉囉，英雄主義囉，疊馬囉～

———

雞先生係你呀？　　　　好耐無見，好掛住你

不是阿強，唔知邊個

佢到底係邊個？

假裝記得
不認得的舊同學

雞先生有時懷疑自己有面盲症,又或者至少記憶力一定很差。

小學暑假後回到學校,我往往都忘記了同學的名字。高中選修科和其他班的同學一起上課,當中有三個都是姓黃的男同學,每次他們走在一起都分不清誰是誰。

升到大學問題同樣沒有解決。而且由於每科的同學都不一樣,同系一年有70人,我大約只記得五個人的名字和樣子⋯⋯

有一次在車站等車時,迎面來了一個人。她熱情地向我揮手,我也跟著揮回去。事實上,這麼多年來我已經習慣,有一些我不認識他而他認識我的人向我打招呼。我已經練成一身好本領,如何在不記得對方的情況下依然能和對方聊天。靠著這一招,我多年來都沒有人發現我根本不記得任何人。

不過就是那一次,那一個女生(我記得她是讀哲學的)居然看穿了我的偽裝說:「其實你根本不記得我是誰吧?」

這就是千年道行一朝喪。

——

不小心開了鏡頭

忘了關濾鏡

屋企人亂入

忘了靜音，還要傾電話

Zoom
常犯錯誤

雖然因為疫情才需要Zoom，但其實Zoom也是一件推動人類文明發展的事——終於我們可以整天躺在家中了！不過，使用Zoom（或者其他軟件也好），大家要謹記以下的注意事項，不要成為了笨蛋：

1. 不小心開了鏡頭：就算是平時光鮮醒目的男神女神，相信在家中也不會時刻保持完美，所以Zoom的時候謹記要檢查自己有沒有不小心開了鏡頭

2. 忘了關濾鏡：在上一個meeting中興高采烈和朋友開了豬的美顏濾鏡，第二日與老闆開會時不要忘了關濾鏡

3. 屋企人亂入：總有家人會以為在家中必定是休息，不相信世上有WFH這回事，然後大咧咧地走進你的鏡頭

4. 忘了靜音，還要傾電話：開了鏡頭也可以算是專心參與的表現，但萬一你忘了靜音，還要大大聲的播歌、唱歌和傾電話，就非常尷尬了

不過有一次雞先生開Zoom上課的時候，有位同學開了鏡頭打算回應老師的問題，然後她突然暈了，老師在電腦另一旁叫也叫不醒，同學家中又沒有人，於是我們只好通知學校替我們報警。所以，開鏡頭也可能是自救的一個方法吧⋯⋯

———

靚仔可唔可以抄個牌？

靚女

OK

後來發現⋯⋯

原來佢都係sell保險

留名一身蟻

不論DSE考試場外，又或者大學校園裡面，常常有奇怪的組織和人「邀請」你做訪問，然後又要留下聯絡資料給他們。不過這種騙徒手法相信大家已經耳熟能詳，不會再「中伏」。

不過另一種奇怪的「留名一身蟻」情況，就是出現在街上。有一次雞先生和同學在校園裡的書店看書，無故有一名美女走來想問我拿電話號碼。她說，看到我看的書如此文藝，想請教我閱讀的方法。於是沾沾自喜的雞先生就給了她Telegram，怎知道回去後她Telegram我，原來也是sell保險的——我還以為是因為自己太靚仔呢！

——

雞先生的畢業相

要和 **飯堂阿姨** 打好關係

四年大學生活，最重要的人脈是甚麼？你以為是甚麼學生會的上上莊，還是甚麼甚麼實習機會？錯了，正所謂「人為財死，雞為食亡」，其實你最重要的人脈是飯堂阿姨。得罪飯堂阿姨，你四年都無啖好食了。頹飯本身已經夠頹，如果阿姨心情不好，隨時令你的餐肉煎蛋飯塊餐肉薄如蟬翼，那你就GG了。

不過聰明的雞先生一早便和飯堂阿姨打好關係。四年來伙食都非常好，畢業時還有找阿姨拍畢業照呢。

———

不要問
太蠢 的 問題

好吧，你始終都要承認你不是FBI或者情報局專員，總有些學校裡的八卦新聞你是不知道的。不過你也不要問答案太明顯的問題吧。

雞先生沒有去o camp（我的樣子像是會玩city hunt跑來跑去的雞嗎？）自然錯失了許多接收系內八卦和消息的機會，例如reg科攻略、哪位老師是killer之類的。

不過最嚴重的那次是，雞先生在上堂的時候問了旁邊同學（其實是不熟的同學，左邊圖片An鴨和鬆鬆鵝只是模擬場景演員），為甚麼堂上老師總是說另一位同系老師的事情。然後他們用可憐的眼神望著我說：他們是夫妻呀，之前o camp有人已經說了……

好吧，以後還是不要問好了。

———

子曰：這個世界總有人唔開心

十年後你記得的
不會是學科知識

大二還是大三的時候，有一門課是星期二下午上課。
上完課後，雞先生和同學會跟老師一起去吃下午茶。

雞先生當時也有（一般地）用功讀書啦，不過現在回想
起來，我已經完完全全不記得課上學習了甚麼。不過倒
是有一次下午茶的經歷，我到現在還是歷歷在目——
那天我們和老師一起坐在餐廳裡，遠處看到助教垂頭
喪氣的經過。我們問老師，為甚麼助教會不開心的啊。

老師托了托眼鏡，語重深長的說：「這個世界總要有些
人不開心的。」

到現在還是覺得很高深啊。

——

認真魔人　　　　　　　　Freerider

示意圖：非當事家禽

做 project
會遇上的兩個極端

學校是社會的縮影,做project當然同樣也是社會的
縮影。

一生總會遇上一兩個freerider,他們大部分時間都是
消失在人海,不覆機、不上堂,然後只有present當天
才出現,隨便照著ppt上的文字唸出來一遍便了事。

不過freerider倒不是最可怕的組員,畢竟你直接當他
死了就可以了。最可怕的組員是認真魔人—— 先不要
說早在分組前,他已經自行想好報告的題目、大家各自
工作時,他不滿意你任何寫出來的成果,最後報告前
10分鐘他還在仔細檢查你ppt上用的顏色,是不是會
影響他奪A爆4。

而最最可怕的是,就當然是freerider和認真魔人同時
出現在你的組內了。

——

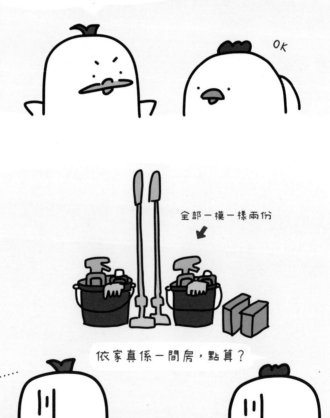

宿舍抽籤系統
是很奇怪的

學校篇

雞先生和An鴨是中學同學之外，也同樣讀同一間大學。最搞笑的是，大一自動分配宿舍的時候，還自動被系統分配到同一間房間。

記得收到入學通知書和得知有宿位時，An鴨和我一起去了IKEA買宿舍用的東西。An鴨還懶醒的說：「我們一定不會分到同一間房的啦！所有東西要買兩套啦笨！」怎知道第二日我收到電郵通知宿位分配名單，上面大大隻字的寫明：「527號房：雞先生、An鴨」。那時候我馬上打電話告訴An鴨，他還在躺躺睡，半睡半醒之間還以為我是騙他的。

因此後來在我們同一間房裡，便出現兩套掃把、地拖和吸塵機。不過就算有兩套，我們還是不清潔的啦！（很理所當然吧！）

——

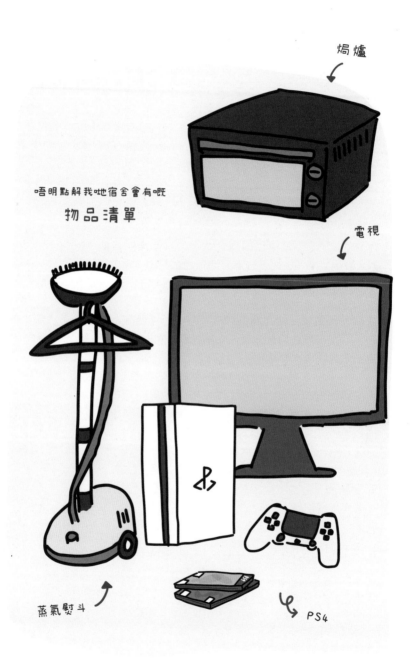

焗爐

唔明點解我哋宿舍會有嘅
物品清單

電視

蒸氣熨斗

PS4

搬宿舍的煩惱

大家和大學室友的關係是如何的呢？我看到別人都是獨自一個回房間，然後帶上耳機靜靜地做自己的事情，和室友很少交流。不過這件事不會發生在我身上，因為我的室友四年來也是An鴨。因為本身中學的時候已經是好朋友，於是我們在大學更是肆無忌憚。別人的房間總是零零落落數件東西，我們卻堆滿出前一丁、PS4，還有其他奇奇怪怪的東西，直接把宿舍當成家一樣，暑假也會住暑宿不回家。

後來我和An鴨決定一起搬出去時，搬屋那天（真的是搬屋級別，不只是搬宿舍那樣簡單）我們差不多叫了兩轉van仔才把所有東西撤走。實在是太恐怖啦！

———

有些同學表面上是學霸

=GPA4.0 →

你個頭鑿咗個4字喝

實際上耍廢比你更厲害

耍廢

學霸 的真面目

上學的時間，總有一些學霸同學難以接近。他們平時在堂上未必非常積極答問題，但你從他們的舉手投足裡面，都會感受到他們身上散發著學霸的感覺。由於這個強大的氣場，你往往難以認識和接近他們。

雞先生在大學時期也認識一個如此的學霸。雖然他平時比較沉默，但從他僅有的發言裡你會發現他對學科知識的熟悉和自信。而且這些學霸身邊已經有其他同學圍繞著，所以在四年的大學生涯裡面雞先生根本沒有和這個學霸説過話。

不過奇蹟是畢業後，因為一件小事，雞先生主動聯絡了學霸，後來更成為了朋友。雖然學霸理所當然地以first hon畢業，但原來私底下學霸也是會耍廢的。現在有空的時候，學霸會和雞先生一起無所事事呢。

———

讀書人的事
豈能説遠呢？

你以為An鴨是很聰明和勤快嗎？才不是！他只是懂得走「精面」和欺負雞先生呢！

有一次An鴨和雞先生在家裡躺著，突然An鴨叫了雞先生起來。他説：「雞先生你可不可以幫我拿點紙巾過來。」

我起身左望望右望望，後來發現紙巾離他距離明明近一點，卻把我叫起來拿給他。

An鴨還狡辯説：「讀書人的事，豈能説遠呢！」

真是一隻狡猾的鴨。

——

夾晒喉度⋯⋯

Sem尾前及早借書
以及帶環保袋

學校篇

以前剛入大學的時候「傻更更」的,也沒有去o camp(雞先生那麼懶,你覺得我會去o camp這些要付款還要出力的東西嗎?),自然不知道學兄學姐的生存技巧。大一上學期的時候,我在sem尾才慢慢的去圖書館找寫論文時需要的書 —— 那時候當然所有參考書都被借走了!

經過一個學期的洗禮後,雞先生便知道圖書館的生存技巧,便是在學期第一個星期就去圖書館借走有關的參考書。由於本著「師奶不要蝕底」的心態,雞先生往往把所有可以借的書都借走,然後又笨笨的忘了帶環保袋裝起書籍。於是雞先生每次都像要起飛一樣,用手左右夾起共30本書,從圖書館走到車站去。路過的人不知道,可能以為我在玩甚麼障礙賽。

重點——大家務必帶環保袋才去借書。

——

我是學霸

寧願一直 hea

好吧，我好像前幾篇才教人如何假裝成為一名學霸。
不過雞先生後來發現（也即是year 1下學期），其實假裝
成為學霸是不好玩的。試想想，每當學期初大家都爭著
和你一組、有甚麼功課又全部問你拿答案，然後連課外
活動也不放過你，甚麼上莊、做組爸媽、展覽、活動也
要找你幫忙，你就發現學霸這個形象一點都不好玩。

校園裡做個hea鬼來去自如，得閒時「jam」吓甜品學會
的免費甜品，考試時問真正的學霸拿sources，這才是
真正的贏家吧！

——

要買餐前氣酒
（似果汁）

橄欖

風乾火腿

芝士

去toastmasters club
騙飲騙食

不知道大家學校裡有沒有toastmasters club。這個學會目的是讓學生交流英文公開演說技巧，訓練大家的領導能力。而聚會中大家會品嚐紅酒，讓大家接觸餐桌和社交禮儀。當然最終只會演變成大家一起飲酒作樂便算的活動。

由於雞先生當時在芝士店兼職（請看公司篇），所以理所當然地每次聚會的食物（酒、芝士還有風乾火腿之類的）都是我負責購買。學校有一筆錢來資助toast-masters club的食物費，於是每次我都會買我想吃的，然後在聚會上大吃特吃。

不錯不錯。

———

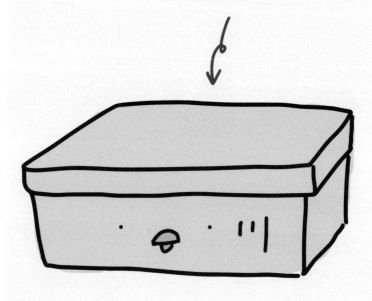

上課忍不住
吃便當

中學時期，雞先生曾經有段時間帶飯回學校午膳。飯盒早上可以選擇交給學校代為翻熱，又或自己保管至下午吃飯的時候。雞先生用的是保暖壺，所以沒有交給學校翻熱。

可是差不多到午飯前兩堂，往往肚子已經非常餓。雞先生看到身邊剛好有個飯盒，加上自己的座位不太顯眼，於是決定（在眾目睽睽的情況下）打開來吃。

雖然課堂周不時也有同學偷吃零食，不過偷吃飯盒也實在是太奇怪了。我還記得那一課是歷史課，大概是因為老師被我的舉動嚇到了，所以裝作沒有發現吧。現在回想起來不可能不發現吧，那個飯盒挺香的啊！

___

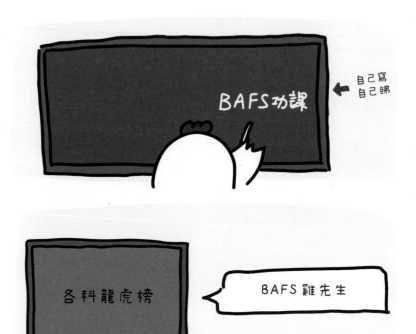

萬一你要做科長

萬一你要做科長的話，絕對要挑選修科，然後那一科是沒有甚麼人讀的。

雞先生高中是修讀「企業、會計與財務概論」（BAFS），雞原來懂會計。來自不同班別但同樣選修此科的同學會一起上堂，而中四一開始的時候，我班還有大半同學修讀BAFS。不過不知怎樣到了中五的時候，我班只剩我一個人修讀此科，結果只有我一個人和其他班的同學一起上課。

由於我班只有我一個修讀，理所當然地由我擔任科長（每科也要一個科長嘛）。所以就會出現以下的情況：

1. 班主任課收功課的時候，自己收自己的功課，自己點算自己的功課

2. 其他科的科長將功課寫上黑板時，我也會湊熱鬧去寫，不過寫完只有自己看

3. 每班也有各科龍虎榜，我基本上就是BAFS第一名（也是倒數第一名）

4. BAFS的老師只會記得通知另一班BAFS的同學補課或功課等事宜，沒有人記得要來我班通知我一個人

5. 由於少了一班的選修同學，BAFS班的人數非常少。結果接下來的補課也不是太認真，常常被老師叫去做其他雜務，例如BAFS老師是負責小田園，結果所有同學都要幫忙去後山擔泥

不過這樣回想起來，做自己一個人的科長，也是挺有趣的。

學校篇

現代的
「體罰」

An鴨早前告訴我，他小學的時候還有老師真的會體罰學生——那應該大概是2000年以後的事？我以為香港更早的時候已經禁止體罰了！

不過，說是不可以體罰學生，還是可以被判「社會勞動」的。上一次提到雞先生做科長要摘小蕃茄，其實我覺得這還不是現代的體罰嗎？

記得有一次有一位同學在堂上偷寫別的東西，被老師一眼看到，然後沒收。打開後老師才發現他在偷偷寫情信。（為甚麼雞先生的同學都不太正常？）後來老師決定罰那位同學到後山搬泥回學校的小田園，然後還要他翻好泥才可以回家。

這樣的「體罰」都挺有趣啊，總好過天天留在課室裡。不過不要罰我就是了。

——

雞先生的陸運會地圖

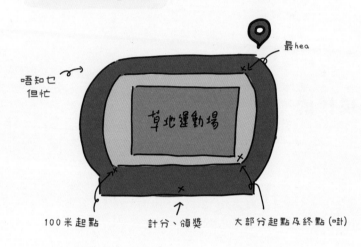

最hea

唔知乜
但忙

草地運動場

100米起點　　計分、頒獎　　大部分起點及終點 (喂)

Chill~

（實際情況）

陸運會 的 最佳位置

我不知道其他中學是怎樣啦，但反正雞先生中學的陸運會規矩是：只要你擔任工作人員，就可以不用參加比賽。不擅長任何運動的雞當然是做工作人員（是常識吧）。

中一的時候像是個「傻仔」一樣跑去當中央計分員，每項比賽也與自己有關，那我寧願回去跑100米算了。不過後來隨著年級的增長，雞先生也開始熟悉陸運會的崗位⋯⋯

學校篇

以下是雞先生不專業的點評。（偷懶方面是專業的）

1.　中央頒獎和計分台：很忙，不要做

2.　左下角的彎道裁判：100米起點，非常忙

3.　左上角的彎道裁判：大約200米的起點，也是很忙

4.　右下角的彎道裁判：不知道甚麼的起點啦，反正很多田徑比賽也會經過，也是很忙

5.　右上角的彎道裁判：就是這個位置！只有400米和長跑會經過，而且400米和長跑只有很少場次。而且離看台很遠，你躺躺睡也沒人知

於是雞先生除了中一之外，一直便在這彎道（也即是右上角的彎道裁判）擔任工作。每次也帶備雞髀和可樂，舒舒服服地度過兩天的賽事⋯⋯

——

公司篇

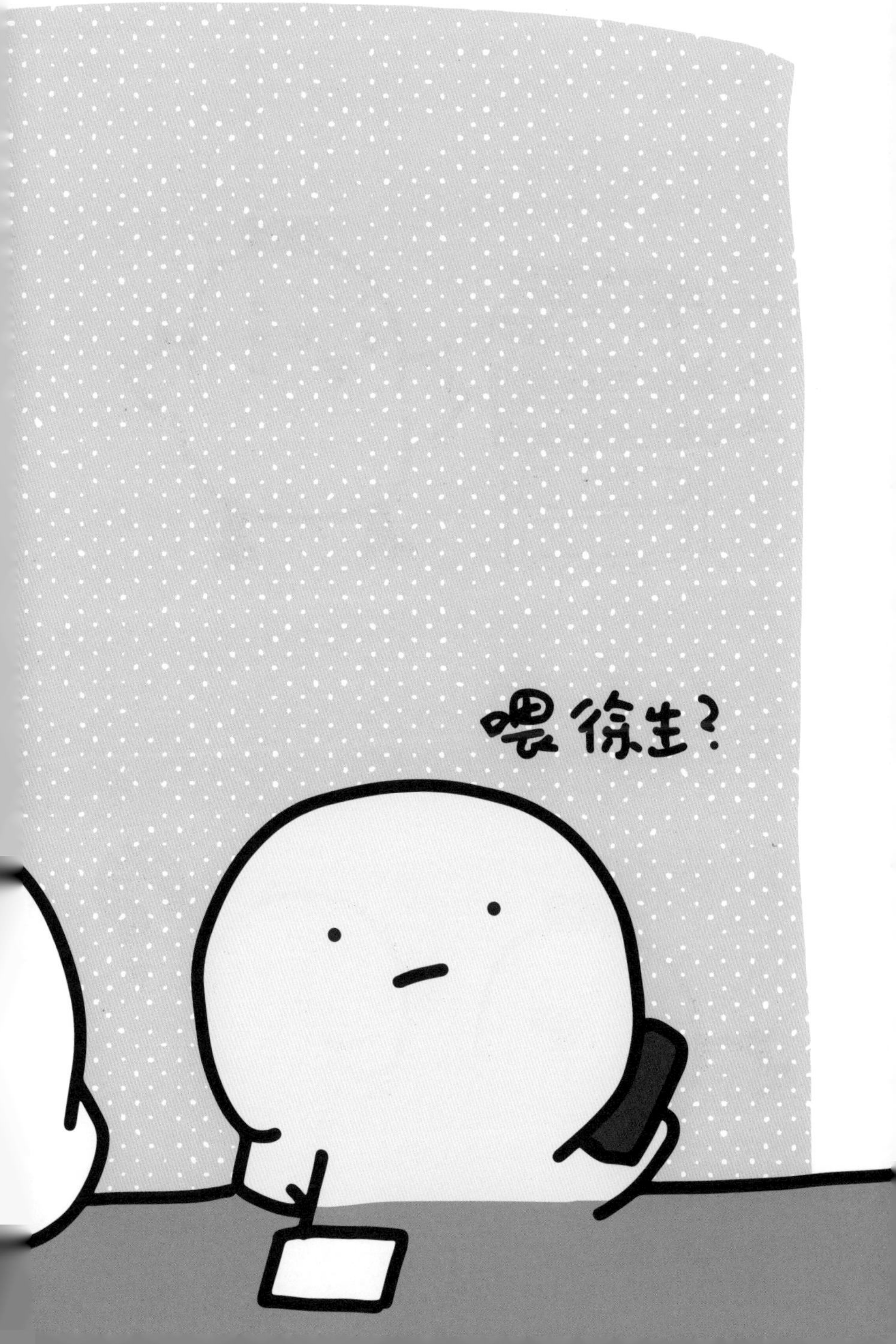
喂你生?

做壞事要
理直氣壯

辦公室裡面，最容易弄壞的東西首先是影印機，然後是馬桶。

對於勤奮的同事而言，弄壞公司的東西反而是證明努力工作的表現。但對於懶惰的雞先生而言，卻是說明自己吃飽沒事做和手多多。

所以萬一你弄壞了公司的影印機，首先不要慌張，反而要冷靜，裝作自己甚麼事都沒有發生。然後假裝自己剛剛發現影印機壞了，提高聲量的說：

「哎呀，點解部影印機用不到的？」

大家都會以為你剛好發現影印機壞了，而不會聯想到是你弄壞的。當然再狠心一點可以嫁禍給上一手同事，但聰明的同事會反咬你一口，所以要小心喔！

——

入辦公室
不要撳緊急掣

入實驗室撳緊急掣,但入辦公室不要撳緊急掣。

我記得曾經看過一個日本節目,那個節目測試假如一個人獨自在房中,而房中有一個紅色望起來像緊急掣但目的不明的按鈕,那個人會否按下去試試看。

雞先生有天回動物園工作,就發現房裡的一個角落頭的牆上,有一個貌似燈掣的按鈕。在好奇心的驅使下,自然情不自禁按了下去。

結果全間動物園都響了起來,差點有同事(阿強)準備報警。

後來IT部同事來了,說那個是緊急掣,叫我不要再按了。為甚麼在一個普通的公司裡要有一個緊急掣呢?實在是百思不得其解。

——

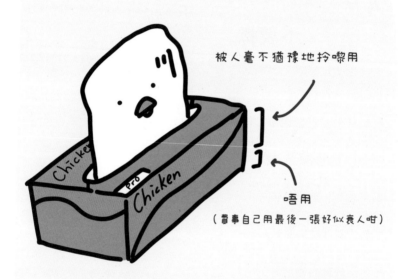

被人毫不猶豫地拎嚟用

唔用

（費事自己用最後一張好似衰人咁）

同場加映

同一情況嘅包裝紙巾

老實不客氣地
用別人的 紙巾

動物園經費有限，我知道有些公司會派紙巾供員工使用，可是動物園理所當然地沒有。因此，雞先生是自備紙巾到動物園裡使用。

可是由於人人都沒有紙巾嘛，所以每個人見到你枱頭有一盒紙巾的時候，起初還會禮貌的問你可不可以借用，慢慢就被理所當然的使用。

不過雞先生發現剛打開一盒紙巾的頭三分二的時候，大家都是非常積極的使用。可是剩下三分一的時候，大家卻非常謹慎的抽取，因為怕自己用了最後一張嘛。就像餐桌上餸菜最後一口，大家即使很想吃，但為免造成「自己吃光光」的感覺，所以總是不敢夾。

還有吃飯的時候，桌上的包裝紙巾都是同一命運呢。

——

帶公司電腦回家
連不到公司 server

阿強是個非常勤力的員工,他最熱愛的活動除了上班之外,便是加班。通常6點正時,雞先生便會雞咁腳離開,但阿強才開始第二輪工作。

加班作為阿強的第二生命,但動物園總不可能24小時開放。有些日子例如大時大節、偶然的電力維修等,公司都會要求員工必須準時放工。這個時候阿強只可以無奈地回家去。

有一次聖誕節,動物園要求員工必須清大假,阿強不單不能加班,甚至不能上班。他形容他非常「frustrated」,他甚至想我和其他同事幫他放假,好讓他可以回來工作。

後來聰明的阿強在一次電力檢查時,決定把公司的電腦搬回家工作,不過卻發現家中是連不到公司server,無法取得檔案工作……

——

公司篇

偷芝士……

理想的
學生兼職

雞先生在大學的時期沒有好好讀書，但還是做了不少兼職。最有趣的兼職是在一間芝士店裡做兼職。芝士店，當然就是賣芝士的地方。就像你在高檔的外國超市裡看到的芝士專櫃一樣，像是一塊塊大車輪的芝士放在凍櫃裡。有客人來的時候，把車輪拿出來，切開一片賣給他們。

做芝士店的好處是，雞先生學習了很多芝士和洋酒的知識。例如有甚麼國家的芝士、它們可以和甚麼酒配搭在一起。而有關紅白酒，我也終於學識了新世界和舊世界酒的分別，還有酒的名字是以葡萄名稱來命名等。

不過這些知識都只是說說而已，其實重點是做芝士店的兼職，可以大吃特吃芝士——這才是重點呢！

——

美食節交易現場

在美食節
可以大吃特吃

上一篇說了，我曾經在芝士店做兼職。不過吃來吃去
也是芝士，總會有吃嫌了的一天。而我最期待的日子，
便是一年一度的美食節。

芝士店當然也會參加美食節，而其他檔的工作人員會互
相認識，每天賣不完的即食產品、試食也會交換來吃。

有一年雞先生認識了賣生蠔的老闆，真的是 fat fat 了。

——

不要在位上

吃飯

雖然動物園提供了員工休息室讓員工午膳，但是阿強常常為了節省時間，往往直接在座位上吃飯。

可是阿強就坐在我旁邊呀！每次他吃甚麼飯盒我都會聞到，然後感覺肚子好餓。於是雞先生會厚臉皮的問阿強：「我幫你試味吧！」然後一口一口，把阿強的飯盒吃光光。讓我想起小學的時候，不論你小息帶甚麼零食回來吃，只要你打開包裝袋的一刻，你的零食就會瞬間被消失了。

可憐的阿強，大家還是不要在座位上吃飯了。

——

公司篇

右廁紙

自備廁紙

返工最重要是甚麼？是電腦？是文具？

錯，是廁紙。

電腦和文具這些東西，公司通常已會提供（雖然動物園很窮，確實沒有提供文具）。不過這些東西對於「扮工」的人來說，其實還是不太重要。

重要的是上廁所有沒有廁紙用啊！

在座位中，假如原子筆沒有墨，雞先生還可以向阿強借。但在廁所中，沒有廁紙的話你就會被困。就算有廁紙的話，劣質的廁紙也會讓你的屁屁受傷（太可憐了）！

我建議勞工權益除了甚麼準時出糧、幾多天大假外，還要立法規管僱主必須採購至少三層的廁紙供員工使用。畢竟，連三層廁紙都不願提供的僱主，相信在其他事情上也不會待員工太好吧。

——

睡眠
是 時光機

有時候飯氣攻心時，難免在座位上睡著。這個時候你
便會自動進入了一個名為「時光機」的遊戲，因為你不
知道你下一次打開眼的時候，是幾耐之後的事。特別
是在公司這麼寧靜（沉悶）的環境，你的座位甚至可能
比家裡的睡床還要舒服。

於是雞先生經常在公司成為了睡美雞了。

——

數目 要分明

我和阿強都是「模範」的上班族 ——「無飯」（超爛的 gag），每天下午都會去買飯。有時候為了快捷一起付款，或者我們其中一個沒有帶現金，便會其中一人先借給對方。可是，回到公司又懶計數，總是說「之後再計吧！」。

然後每過一個星期左右，我們就會出現以下的對話：

「我爭你幾多錢？」

「唔係，好似係我爭你錢喎！」

「但尋日你仲幫我畀埋早餐錢呢？」

「但前日係你畀？」

然後兩個人就像白痴一樣回想自己前幾天吃了甚麼，之後發現由於實在計不到，最後決定還是「無數」算了。

（溫馨提示：借定唔借？還得到先好借！）

——

奇怪氣氛……

不如我哋一陣去……咩囉

好呀

你哋兩個打算做咩呀

唔係咁㗎

你誤會喇

我哋話去食飯咋

慎用

暗語

阿強很喜歡自創各式各樣奇怪的暗語，好像他是FBI特工一樣，在交換甚麼秘密情報。動物園同房的同事為了和他溝通，都配合他使用各種奇怪的暗語。

例如阿強準備去買飯盒，他不會問你：「你準備吃飯了嗎？」而是古古惑惑的問：「你⋯⋯準備好了嗎？」總之就是不會直接開口。然後我們只好鬼鬼祟祟的說：「咩⋯⋯呀？好呀！」

結果有一次其他部門的同事聽到我們奇奇怪怪的對話，然後投以疑惑而震驚的眼神。我懷疑他以為我們進行甚麼秘密可疑活動，不過之後我都沒有見過那位同事接近我們部門了（遠望）。

——

今日雞先生似乎便秘⋯⋯

最不能得罪的
是清潔阿姨

如果說學校不能得罪的是飯堂阿姨，那麼在公司不能
得罪的是清潔阿姨。

由於人人都以為清潔阿姨只是負責打打掃，清潔地方，
沒有甚麼大權和殺傷力；故此大家都不會忌諱清潔
阿姨，甚至在她面前不小心透露了各部門的秘密。

故此公司裡發生甚麼事，清潔阿姨是最瞭如指掌的。
你偷懶睡覺也好，做錯事誤碎重要的文件也好，甚至
你今天便秘也好，清潔阿姨也是會知道的。

——

辦公室雪櫃地圖

被遺忘的雪糕

黑洞
（不要打開）

入職到離職都
一直存在的調味料

早上爆滿
下午全部消失的飯盒

記得放在雪櫃裡的食物

公司的雪櫃也是一個人生百態呢。

早上的時候,整個雪櫃都會塞滿一堆飯盒(而且大部分都是用玻璃飯盒),水洩不通的感覺。很神奇地在中午12點鐘就會開始消失,就像是個白天的灰姑娘。

然後雪櫃門那邊,總是有一枝兩枝(或者更多枝)的調味料。我想由於大家在公司吃飯盒的時候,也不會用到太多的調味,於是由你入職到離職那天,那些調味料都未被用完。

冰格裡也總有一些被遺忘的雪糕甜筒,雪藏到上面已經有一層薄薄的結冰。可能連主人也忘記了自己曾買過它吧。

雪櫃有一格是抽屜式的,根據雞先生大學住hall的經驗,那格是一個黑洞,請大家不要打開比較好。

———

顯示自己勤力工作的
memo紙或文具

顯示自己得閒無事做的
小點心包裝

共用垃圾桶指引

動物園經費有限，我和阿強只能共用一個垃圾桶。説到垃圾桶，雖然是一些沒人要的垃圾，不過別人總會不小心看到你掉了甚麼垃圾，然後猜到你的工作態度。

就好像如果你的垃圾桶盡是一些memo紙、拆掉的釘和萬字夾，感覺你就是非常勤勞工作。如果你的垃圾桶裡全都是甚麼檸檬茶盒、餅乾碎、薯片包裝，就感覺你是個得閒無事做只懂吃小點心的人。

所以之後雞先生都偷偷把垃圾掉到隔離房的垃圾桶裡，不要讓人發現（是不是很聰明？）。

——

不要談

辦公室戀情

雞先生是一個不識時務的人。常常在別人拍拖和偷情的時候衝去搞破壞。

記得有一次我打算去會議室偷懶睡午覺，在門口卻聽到兩位一男一女同事的聲音。由於我實在是太想睡覺了，於是還是打開門衝進去，看到了他們偷偷用手指尾拖手。當時我還要說：「你們在比手指尾力嗎？」

後來他們見到我進來便彈開了，說只是談公事。後來那間會議室不知怎麼地長年鎖上，累得我沒法再午睡了——這就是不要談辦公室戀情的原因。

——

腦子是個好東西

在我剛入職、還不太熟悉阿強的時候，就發生了這一件事。

動物園經費有限（好像已經說了很多次），房間裡自然是不會有時鐘提供。於是第二天雞先生從家裡拿來了一個時鐘。

阿強看到後非常高興，問我這個鐘是從哪裡買回來的、可不可以調成12小時制……諸如此類的問題。

然後阿強非常認真地問：「你把家裡的鐘拿了回來，那你在家中如何看時間？」

……

理所當然地，阿強被我畫進來雞先生的故事裡，成為大家喜愛的一角。

——

你唔好再攤喺度啦
好多人問我你係咪死鬼咗

知啦知啦

反正WFH開cam只見上半身
下半身繼續攤都得啦

唉……

WFH 的 好處

平日出街上班整個人（整隻雞）都要似模似樣，最低限度也要換上一套出街衣服。可是最近兩年開始，有機會可以work from home（WFH），大家只會看到電腦鏡頭前上半身（甚至只有大頭）的你。於是便會出現以下情況：

1. 基本上你只有換上半身的衣服，又或者乾脆根本沒有換睡衣便開鏡頭開會

2. 終於見到平日無論如何也會gel頭或化妝的同事的真面目（驚嚇）

3. 下半身通常是攤在梳化，甚至是床上

4. 有時候家人（例如An鴨和鬆鬆鵝）會亂入鏡頭，然後還要罵你沒有告訴他們你開了cam

5. 一邊Zoom，一邊睇網站（其實是打開了Facebook或者總之不關事的東西）

不過想深一層，雞先生平日不也是經常偷懶的嗎？只不過把地方轉換到家裡而已……

——

in 老闆 we trust

老闆

永遠是對的

公司裡不應該犯的錯，除了是誤碎100萬的合約，又或者是入錯油導致整個太平洋小島沉沒之外，最不應該犯的錯便是指出老闆犯了錯。畢竟他是老闆而你是員工，很明顯這本質上你就是錯了吧！

———

公司篇

出街篇

大西北冇牛

哞～

上水人不是居水上

唔曉游水呀

獨立屋

（不過冇你份）

仲有車位

亦都唔係
每個人都有村屋

其實 大西北
是咁的

香港雖然小，但還是分成了市區和大西北。以雞先生的認知，如果把荃灣和沙田拉一條線，這條線向北的地方應該都是大西北了。不幸地，雞先生就是住在大西北。

以下是一些常見對大西北的謬誤：

1. 大西北有牛？

   答：大西北是沒有牛走來走去，我們也不是騎牛返工返學的。

2. 上水人居水上？

   答：上水是沒有水的，只有一條很臭的雙魚河，所以上水人不是居水上。

3. 大西北人都有村屋？

   答：只有少數原居民才有村屋，雞先生甚麼都沒有，雞毛就有幾條。

不過，大西北出市區需要一小時是正確的，如果出港島塞車可能要個半鐘，差不多夠時間搭飛機去台灣一轉。所以請市區的朋友要多多體諒大西北的人（和大西北的雞鴨鵝）。

———

巴士 禮儀指南

雞先生這生人（雞）最霸氣的時候，是發生在巴士上。

那時候雞先生還是一隻中學雞，每天早上也要搭巴士回學校。早上那個時間，巴士上的乘客往往都是同校同學，又或者鄰近小學的小學生。

有一次人很多，雞先生便站到後方的位置去。然後我發現我身旁站著的小學雞一號，一直望向坐著的、年紀較大的小學雞二號。此時我才發現，原來小學雞二號仗著自己較大隻，便一個人用書包霸了兩個位置。

雞先生本來是以不管閒事為做人宗旨，不過看到小學雞一號如此悶悶不樂，便霸氣的罵小學雞二號：「你點可以一個人霸兩個位㗎！快啲讓開！」

小學雞二號馬上嚇得拿走了書包，而身旁的小學雞一號以為我打算自己坐下去空位，雞先生卻有型的說一句：「你坐吧！」

那刻感覺自己是全世界最霸氣的人。（應該不是）

——

出街篇

嘗試了解
奇奇怪怪的興趣

和不熟稔的人交談時,你會常常為找不到話題而煩惱嗎?

雞先生為了解決這個煩惱,研發了一個方案,就是學習常見的興趣,然後投其所好,自然不再會空氣突然安靜了!

常見的興趣:

1. 星座:將所有不幸的事推給「水逆」就可以了

2. 粵語殘片:這個與老人家談話時絕對是萬能

3. 動漫:了解一下最近的新番

———

出街篇

第一張
「Passport連機票」

明明經濟艙搞到似坐頭艙咁興奮

ECONOMY CLASS
Mr. Chicken   FROM HK
MC 0123 31FEB 19:30   TO ?
GATE   SEAT   TIME
1   21H   19:00

MC0123 31FEB
SEAT
21H

PASSPORT

總係唔小心post埋
自己全名同護照號碼

22
MC123   14:00
Hong kong to
Somewhere Else

第二張
「登機閘口」

同個牌影相，而且仲勁多人要排隊
（通常會換成icon）

第三張
「飛機個窗口」

其實只係見到飛翼，其他乜都睇唔到
（可能見到舊雲嘅～）

搭飛機的必影清單

不知道甚麼時候開始,不論大家去哪裡旅行也好,總是要在Facebook和Instagram upload在機場的照片。明明機場範圍還未離開香港,但大家都是未出發先興奮的狀態,於是機場拍的照片比在國外還要拍得更多。通常你的港女朋友,都會post以下的照片:

第一張:Passport連機票

通常辦理完登機之後,總要馬上將機票連護照(缺一不可)拍下來,然後post在限時動態裡,正式宣布未來三至五天將要洗板式貼圖了。

第二張:登機閘口

這個閘口可能是機場的吉祥物,無數人在等機期間都和它合照。

第三張:飛機個窗口

其實這個角度是甚麼都看不到,只看到機翼和天上的雲。這個時候要提醒你朋友真的要關手機,飛機要起飛了⋯⋯

常見句式:天氣不似預期,但要走總要飛(陳奕迅表示無辜)。

——

不如搵嗰個人幫手影相

但佢個樣好似好惡……

你哋要影相呀？可以呀！

原來佢都係我同鄉喎

不要以為外國
沒有人聽懂廣東話

去旅行其中一個好玩的地方是，當你去到外地時，當地人聽不明白廣東話，於是你可以肆無忌憚地説話。不過可惜的是，雖然當地人聽不明白廣東話，但這個地球上幾乎所有地方都有香港人，所以當你偷偷地説悄悄話時，可能會被身邊的香港人聽到。

有一次雞先生和An鴨去日本旅行，在寺廟前面我們想照一張合照。沒有拍攝神器的幫助下，我們當然只可以向身邊的路人求助。正好身邊有一個看起來閒閒無事的人，An鴨便提議找那個人幫忙。但我卻説：「那個人的樣子看起來很兇……」

本來以為那個人是日本人，怎知道他好像聽到我們的對話，然後轉個頭以比我更標準的廣東話來説：「你哋要影相呀？」此時我們才發現「原來佢都係我同鄉喎……」

——

去旅行時
要鍛鍊臂力

我記得中小學的時候，體育堂是有臂力還是手握力測試，即是拿著一個像丫叉的器材，然後大力的按，看看你可以出多少力。

中學畢業後，自然再沒有理會這種東西。於是缺乏運動的我，雞翼是愈來愈沒有力。不過在香港，除了搬家之後也很少一次過搬很多東西。

不過總有些時候，雞先生會埋怨自己沒有好好鍛鍊，例如是去旅行的時候，要長時間將行李箱拿上拿下，就會發現臂力是非常重要。（詳情可看篇章：《近地鐵站出口有時是一個陷阱》）

所以現在去旅行，除了訂機票及酒店外，還要提早一個月開始舉鐵（誤）。

——

通常很多人排隊的都不好吃的

有次在日本，鬆鬆鵝強迫我要陪他吃一家拉麵店。他說他在電視上看到，貌似非常美味。他說得天花龍鳳的樣子，於是我便點頭說好吧，一起坐電車到那家拉麵店去。

後來去到才發現，那間拉麵店只佔街頭轉角的一個角落，座位不多。店員告知我們排隊的隊伍位置，一看發現整整有可能30人以上在排隊。我告訴鬆鬆鵝：「要不我們找別的吃吧！」他卻一口拒絕，說這家拉麵店天上有地下無，我們必須一定吃到，否則此程枉行。

於是我們漫長的等待，過程中我發現前後排隊的人也是說廣東話的。難道他們也是看了一樣的電視節目嗎？我滿懷期待的等候，最後我們終於可以進內和點菜後，上菜的居然只是一碗平凡的拉麵？就是有些紫菜、有些肉，然後呷一口湯 —— 也是感覺普普通通的。

由於那家店太多人，我甚至是與鬆鬆鵝分開坐的，最終卻是滿腦子的問號吃完走出來。鬆鬆鵝有點不好意思的說：「原來也是很普通嘛。」

最後我們回酒店前在便利店買了小點心，我覺得那還比較好吃呢！

——

勁多選擇

萬年湯底

10元

真係流流地心

經典包裝

統一布丁

要買大杯裝先夠食

便利店食物 是最好的

雞先生應該長了一個「垃圾嘴」，我是連「爭先」壽司也感覺非常好味的人（雞）。所以去旅行的時候，我覺得珍饈佳餚不是甚麼米芝蓮三星級餐廳，而是便利店裡的食物。

雞先生的必食便利店清單：

1. 關東煮：熱呼呼又多選擇，肚餓時夾多兩樣，嘴饞時只吃一樣又可以。而且湯底雖然是萬年，但非常香濃

2. 布丁：香港很少見黃色和咖啡色的那種布丁了！雞先生曾經在台灣便利店買了一箱（沒看錯是一箱48個）回香港

3. 溏心蛋：送啤酒一流，超香醬油味

雖然近年香港的便利店都開始引進這些食物，但質素當然是不予置評。有一次雞先生沒注意買了一個聲稱日本便利店進口的泡芙，打開發現是扁了，而且外皮像是70歲阿婆皮膚的感覺……

———

本日計劃

尾班車先返酒店！

我飽啦可唔可以返酒店瞓吓先

玩嘢嗎？

頭先你先話要玩到
夜晚十點先返酒店

不要高估
自己的體力

通常幻想中的自己總是能夠單手游出公海，然而「講就天下無敵」，實際你的體力比你想像中的少，特別是在計劃旅行行程時。

旅行中總是想塞一大堆行程在同一天裡，甚至幻想自己可以比平日返工還要早起床來趕行程，然後一天去三個完全不同的地方打卡，成為時間管理達人。

然而根據雞先生的經驗，通常這些幻想永遠都只是幻想。當你真正起床後便會發現已經是下午了，然後你施施然吃完午餐（其實是早餐）之後，又會想回酒店躺躺睡了。

——

出街篇

正呀！近地鐵站

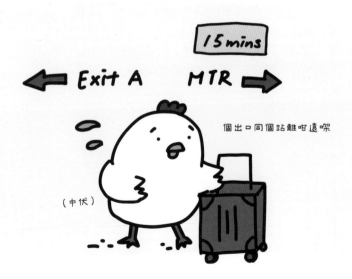

個出口同個站離咁遠㗎

（中伏）

近地鐵站出口
有時是一個陷阱

地鐵站是很古惑的。

第一次和鬆鬆鵝去旅行時,鬆鬆鵝貪平選了一個離地鐵出口很遠的酒店,差不多要走20分鐘才到。之後下一次去旅行的時候,雞先生不敢再讓鬆鬆鵝選酒店。

不過雞先生也沒有太多選酒店的經驗,於是只是從Google Maps上看,看到只要近地鐵站出口便覺得OK,然後選了一個離出口只有15秒的酒店。

不過,真正到達當地之後才發現,雖然那間酒店距離地鐵出口很近,但是那個出口距離車站本身很遠,下車之後要走很久很久才到達。而且還要上上落落許多樓梯,然後又沒有電梯。根本和上一次是一樣嘛。

———

一個人 吃炸雞
不要被人看到

有一次受韓國觀光公社邀請，和其他KOL一起到了韓國參觀新的仁川酒店。當中一日三餐基本上都安排好精緻的韓國傳統菜了，我們只需坐著等吃就可以。（超爽）

可是人總是犯賤的。雞先生有一晚突然很想吃炸雞，於是晚餐後雞先生便向團友說「我要外出買點手信給家人」為由，偷走了出去吃炸雞。

本以為無人知道，我來到酒店最近的炸雞店，坐在窗口位置自己一個人點了一份炸雞（注意是四人分量）和啤酒。我滿心歡喜準備開吃的時候，怎知道團友們正出現在窗外！

然後他們推門進來，看到一邊咬著雞、一邊拿著啤酒的我⋯⋯我們四目（應該不止四）交投，非常尷尬。後來他們坐到別的桌子去，也點了炸雞吃。我便獨自一隻雞，看著他們數個人點與我一樣分量的炸雞⋯⋯我卻竟然一個人吃光光了⋯⋯

⎯⎯

肢體語言
是國際語言

旅行計劃常常是趕不上變化。

有一次新年我和An鴨打算下機後，馬上提著行李去淺草寺。我在網上計劃了在寺附近有一間店可以寄存行李，那麼我們就不用提著行李走來走去。怎知道原來由於1月1日，那間店沒有開門。我和An鴨看著關了門的店，兩個人不知所措。

在我們不知如何是好的時候，突然有個婆婆走來，用日文說了一堆話。我在大學裡學習了一個學期的日文——那當然也是完全聽不明白婆婆在說甚麼。我只是懂「多謝」和「你好」的日文是甚麼，完全對這次對話沒有任何幫助。

後來婆婆指著我的行李，再指著身後另一家店。原來她應該是另一家店的老闆，說我們可以存放行李在她的地方。我和An鴨非常高興，把行李提到她的店裡。而婆婆又問我們甚麼時候回來——放心憑我學了一個學期日文的實力，我還是聽得明白這一句，但問題婆婆聽力很差，她根本聽不到我用日文說兩點回來。於是我只好比出「yeah」的手勢，也即是告訴她我們兩點回來。旁人看起來，應該覺得我是在準備拍照吧！

———

不是甚麼都

歐巴 就有用……

雞先生曾經在一個電視節目上看過，韓國的男生喜歡被稱呼作「歐巴」，韓文就是「哥哥」的意思。然後這個不知道是不是真的知識便深深印在我腦海中。

之後有一次真的去韓國的時候，雞先生便將這個奇怪怪的知識告訴同行的鬆鬆鵝，於是兩個人（家禽）便在商店中將店員稱呼為「歐巴」。店員們紛紛以看智障的目光看我們。

「電視節目有好多種，不過唔係個個節目都啱小朋友自己收睇！」原來是真的。

———

必要時要
拔腿就跑……

有一次在泰國旅行，雞先生和鬆鬆鵝二人由於錯過了尾班車，又有點迷路，故此半夜走在一條無人的路上。

忽然在一旁的公路上，出現了一個電單車騎手。他故意放慢車速來和我們說話，而重點是他應該說泰文，我們一個字也聽不明白。

鬆鬆鵝本著想理解他說甚麼的心，跟他用英文說我們聽不懂泰文。但那個電單車手可能以為我們想和他聊天，於是繼續死纏爛打的追著我們，他甚至想下車走上路來。

鬆鬆鵝看到他繼續來追我們，問我如何是好。我唯有說——三十六計走為上計！

於是一鵝一鴨和電單車手在無人的公路上，上演了一場你追我趕的戲碼，直到我們跑到一個熱鬧的地方。

——

我哋搭的士啦，
巴士又唔知邊度落車

使鬼呀，有Google
Translate 㗎嘛！

係精神嘅！

係唔係真係得㗎？

我要去車站

ฉันจะไปที่สถานี

得 Google Translate 得天下

我記得有一次和鬆鬆鵝去泰國旅行，其中一天我們想去某個景點，網上的文章都提到由於那個地方沒有鐵路，只有巴士到達；而巴士又沒有英文提示（更不可能有中文），上車的時候更要向售票員用泰文說明自己去的地方然後付車資，所以通常建議旅客坐的士去。

但是！愈是困難的事雞先生便愈想去挑戰！加上現在是21世紀，甚麼語言問題都不是問題！於是我跟鬆鬆鵝說：我們坐巴士吧！然後我打開Google Maps首先查了巴士的號碼（是的，只要你輸入起點終點，它會建議你交通路線），然後背下了那個地方的發音，不停練習，然後上巴士的時候很自豪地跟售票員說那個地方的名字。

售票員是感覺我們很奇怪啦，其實車上所有人都感覺我們很奇怪啦，不過我們總算是成功坐到巴士去那個地方。

不過值得一提的是，回程時我們也是坐巴士，然後坐到一半巴士突然停下來，然後司機叫所有乘客下車。我們不明所以，後來一名會說英文的乘客向我們解釋司機是要回家吃飯，所以不駛了……（之後的事已經是另一個故事了）

———

出街篇

望清楚 再問

我相信曾經去過東京旅行的人，就算沒有親身到訪，但多多少少也會聽過雷門這個地方吧！雷門是淺草寺門口的一道大門，上面掛了一個大燈籠，而燈籠上面也是寫著「雷門」二字。而雷門離JR站出口非常的近，基本上你只要一出站就會看到那個巨大的燈籠。

可是我和鬆鬆鵝上次去日本旅行，反正左看右看都看不到雷門的位置。重點是，雞先生已經不是第一次去東京旅行、已經不是第一次到訪雷門，可是這次就是找不到雷門在哪裡。

明明Google Maps說好了是這個方向，偏偏甚麼也找不到。於是，鬆鬆鵝和我只好問路人雷門在哪裡。我們向路人展示手機上雷門的照片（因為不懂日文嘛），那個人看了一眼後，很疑惑的指著我們背後說 —— 好吧其實我們也聽不懂日文，總之他指尖一指，我們才發現那個巨大的燈籠就正正在我們背後。

好吧，下次看清楚再問吧。

——

廉航 不廉

以前少不更事，以為廉航真的是廉價的意思。其實事實上，所謂廉價只是把所有原本正常機票所包含的服務拆開來賣，如果你想要接近傳統航空的服務，基本上你要付出更貴的價錢。而如果你不願意付出額外的金錢，那麼你就會中伏，而貪小便宜的雞先生，就中過以下廉航的伏……

1. 航班的時間永遠都是非常奇怪：通常這些廉航的時間都是凌晨3點或者下午4點到達當地，要不你損失了一天旅行的時間，要不你準備在機場睡一晚吧

2. 由於奇怪的上機時間，你錯失了購物和辦免稅的機會：如果回程是凌晨3點上機的話，你大約12點到達機場，這個時候的商店和辦免稅的地方都關門了

3. 沒有行李限額：除了隨身行李8公斤左右之外，基本上寄艙行李是零（是零呀！）

最離譜的是有次我在飛機上咳得很嚴重，想問空姐拿一杯水。她居然先收我10元才給我，真的是「趁你病攞你命」！

———

出街篇

返去瞓了

香港青年協會

hkfyg.org.hk | m21.hk

香港青年協會（簡稱青協）於1960年成立，是香港最具規模的青年服務機構。隨著社會瞬息萬變，青年所面對的機遇和挑戰時有不同，而青協一直不離不棄，關愛青年並陪伴他們一同成長。本著以青年為本的精神，我們透過專業服務和多元化活動，培育年青一代發揮潛能，為社會貢獻所長。至今每年使用我們服務的人次接近600萬。在社會各界支持下，我們全港設有80多個服務單位，全面支援青年人的需要，並提供學習、交流和發揮創意的平台。此外，青協登記會員人數已逾45萬；而為推動青年發揮互助精神、實踐公民責任的青年義工網絡，亦有超過25萬登記義工。

在「青協‧有您需要」的信念下，我們致力拓展12項核心服務，全面回應青年的需要，並為他們提供適切服務，包括：青年空間、M21媒體服務、就業支援、邊青服務、輔導服務、家長服務、領袖培訓、義工服務、教育服務、創意交流、文康體藝及研究出版。

e·Giving

giving.hkfyg.org.hk
青協網上捐款平台

香港青年協會
專業叢書統籌組

cps.hkfyg.org.hk

香港青年協會專業叢書統籌組多年來透過總結前線青年工作經驗,並與各青年工作者及專業人士,包括社工、教育工作者、家長等合作,積極出版多元系列之專業叢書,包括青少年輔導、青年就業、青年創業、親職教育、教育服務、領袖訓練、創意教育、青年研究、青年勵志、義工服務及國情教育等系列,分享及交流青年工作的專業知識。

為進一步鼓勵青年閱讀及創作,本會推出青年讀物系列書籍,並建立「好好閱讀」平台,讓青年於繁重生活之中,尋獲喘息空間,好好享受閱讀帶來的小確幸,以文字治癒心靈。

本會積極推動及營造校園寫作和創作風氣,舉辦暑期活動、創意寫作工作坊及比賽,讓學生愉快地提升寫作水平,分享創新點子,並推出「青年作家大招募計劃」、「校園作家大招募計劃」,為熱愛寫作的青年創造出版平台及機會。

除此之外,本會出版中文雙月刊《青年 空間》及英文季刊《Youth Hong Kong》,於各大專院校及中學、書局、商場等平台免費派發,以聯繫青年,推動本地閱讀文化。

「青年作家大招募計劃」

為了鼓勵青年發揮創意及寫作才能,本會自2016年開始推出「青年作家大招募計劃」,讓青年執筆創作,實現出書夢。計劃至今已為12位本地青年作家出版他們的作品,包括《漫遊小店》、《不要放棄「字」療》、《49+1生活原則》、《細細個嗰一刻》、《廢青姊妹日常》、《咔嚓!遊攝女生》、《早安,島嶼》、《人生是美好的》、《媽媽火車——尋找生活的禮物》,以及今年獲選作品《數學咁都得?!22個讓你驚歎的小發現》、《雞先生的生活智慧》;透過文字、相片、插畫,分享年輕人獨一無二的創作及故事。

books.hkfyg.org.hk
青協書室

雞先生的生活智慧

出版	香港青年協會
訂購及查詢	香港北角百福道21號
	香港青年協會大廈21樓
	專業叢書統籌組
電話	(852) 3755 7108
傳真	(852) 3755 7155
電郵	cps@hkfyg.org.hk
網頁	hkfyg.org.hk
網上書店	books.hkfyg.org.hk
M21網台	M21.hk
版次	二零二一年七月初版
國際書號	978-988-79952-0-3
定價	港幣100元
顧問	何永昌
督印	魏美梅
作者及插畫	樊凱盈
編輯委員會	鍾偉廉、周若琦、林茵茵、徐梓凱、
	房子程、李心怡、潘俊行
執行編輯	林茵茵
實習編輯	吳碧玉、冼淑燕、蘇穎彤
設計及排版	梁曉心
製作及承印	一代設計及印刷有限公司

Mr Chicken's Philosophy

Publisher	The Hong Kong Federation of Youth Groups
	21/F, The Hong Kong Federation of Youth Groups Building,
	21 Pak Fuk Road, North Point, Hong Kong
Printer	Apex Design and Printing Co Ltd
Price	HK$100
ISBN	978-988-79952-0-3

青協APP
立即下載